清源명시선

김명시 시집

〈 발간사 〉

이 시집은 생명을 이어주는 정신적 에너지와 감성이 시인의 몸속에 머무르다 절제된 언어로 조심스레 한 장 한 장 펼쳐 놓은 기록입니다.

살아오며 그저 지나치기에는 너무 깊었던 순간들, 시간의 흐름 속에 어느새 자신도 알지 못한 채 마음속에 쌓여 있던 생각과 감성들이 시가 되어 한 편의 책에 담았습니다.

이 시집에 담긴 글들은 일상의 작은 떨림, 잠시 멈추어선 시선, 가볍게 스친 바람 한 줄기, 일상의 뒷면을 돌아봄이라는 사유에서 하나둘 생겨났습니다. 걸음을 멈추고 바라본 하늘, 낯선 도시의 저녁 종소리, 아무 말 없이 함께 걷던 여정에서 마음에 남았던 장면들을 그때의 숨결 그대로 적어 내려간 것에 가깝습니다.

말이 필요 없던 순간에 비로소 언어가 되어야 했던 그 조용한 마음의 흔적들입니다. 누군가를 설득하기 위한 말이 아니라 자기 내면을 은유적으로 드러낸 자기표현이고 회고입니다. 사물의 함축적 의미를 잘 표현하는 漢字는 陰의 글자로서 詩의 은유와 비유를 실어 나르는 데

큰 도구가 되므로 陰陽의 통합적 관점에서 요즘 사문화된 漢字를 사용하였으며 이 시집은 사물과 사람과의 관계에서 빚어낸 조심스러운 소통의 단편들입니다.

누군가에게 특별한 의미를 지니지 않더라도, 삶의 어느 한 시점에서 잠시 곁에 두고 천천히 넘겨볼 수 있는 책이 된다면 그것으로 충분하다고 생각합니다. 또한 길을 걷다 잠시 쉬어 가듯, 이 시들이 독자들의 마음속에서 각자의 기억과 만나서 다른 울림으로 피어난다면 그것만으로도 좋겠습니다.

부족한 글들을 한 권의 책으로 묶어 주신 분들께 감사의 마음을 전하며, 부족한 언어들을 품어 주신 독자 여러분께 이 시집이 바쁜 삶의 틈새에서 잠시 숨을 고를 수 있는 작은 쉼표가 되기를 소망합니다.

- 2026년 입춘의 날에 -

〈 축사 〉

47년 전 고3 교실에서 함께 시간을 나누었던 제자가 이번에 시집을 세상에 내놓게 되었다는 소식을 듣고 큰 기쁨과 감회를 느낍니다.

시인은 세상의 소리와 사람의 마음을 가장 먼저 듣는 사람이라고 합니다.
그 마음을 한 줄의 시로 길어 올려 세상과 나누는 일은 참으로 귀한 일입니다.

이 시집이 많은 독자들의 마음에 잔잔한 울림이 되고, 삶의 길목에서 따뜻한 위로와 작은 등불이 되기를 바랍니다.

제자의 시집 출간을 진심으로 축하하며, 앞으로도 깊고 맑은 시의 세계를 오래도록 펼쳐 가기를 바랍니다.

– 윤대영 (충북교육청 소속 전 중·등교 교장 역임) –

〈 축사 〉

시인과 시가 닮았다.
경건하면서도 친밀하다.
심오하면서도 편안하다.
읽는 내내 시인의 따뜻한 시선이 행간에서 느껴져 가슴
이 훈훈해진다.
마치 어떻게 인생을 살아내야 하는지에 대한 해답을 얻
은 것만 같다.

'잘 가'라는 시를 보면서는, 이런 글을 쓰는 시인의 손
은 절대 놓지 못할 거라는 엉뚱한 상상까지 하게 된다.

'참된 시는 영혼 안에서 잉태되고 태어나는 것'이라는 매
슈 아널드의 말을 자꾸만 되새기게 된다.

'淸源명시선'의 출간을 축하하며, 이 시집이 많은 이들
의 마음속에 조용한 울림으로 남고, 시인의 여정에 더욱
깊고 넓은 시 세계가 펼쳐지기를 기대합니다.

– 박재권 CEO스코어데일리 대표 –

서시(序詩)

사람을 잡으려면
마음을 잡으라고 해서

그분에게 끌려
마음을 잡으러
달려갔더니

그 임의 마음이
깨끗이 비어 있고

잡아챌 거라고는
하나도 없기에
그저 바라만 보고 왔어요

돌아와
거울에 비친
내 마음을 바라보니

내 맘도
텅 비어
아무것도 보이질 않네요

맘이 끌리는 건
그 마음에 비어 있는 여유가
있어서인가?

여유로운 마음을
바라보니
내 맘도 깨끗이 치워진 걸까?

아하~
마음이란 건
잡는 게 아닌 거야

그저
바라보고
느끼고
함께 하는 거야

마음은
공기처럼
있는 듯하다가도
없는 듯 보이고

자유로운 숨결처럼
고르다가도

거친 숨결처럼
벌떡거리다

그리운 임의 마음을 만나면
내 맘도 깨끗이 치워지고 비워지는 거야
마음은 그러한 거야!

☆ 목차

제1부. 여정

☆ 목차

QR코드 스마트폰으로 QR 코드를 스캔하거나 유튜브에서 시인 이름과
시 제목을 검색하시면 작품을 감상하실 수 있습니다.

제목 : 비 오면 서 있는 채로
시낭송 : 박영애

영상은 YouTube 정책 또는 운영 관리에 따라 삭제될 수도 있습니다.

시인은 자연을 이야기하고 시낭송가는 자연을 품었다
글자는 날개를 달아 언어로 날고 소리는 자연에 눕는다

제1부. 여정

생일

우암산 기슭
불볕더위가 내리쬐는
양철 지붕 아래
우암의 정기를 받고 태어났습니다

소처럼 부지런하고 우직하게
바위처럼 굳세고 든든하게

청풍명월 풍류에 몸을 싣고
무심천 청류를 따라서

금과옥조 명언을 시에 담아 살아가는 나그네가
십우도에 실려 오늘 태어났습니다

벗들이 축하해 주고
작열하는 빛이 온몸을 감싸니
탄생의 기쁨과 감사의 마음이 하늘에 닿습니다.

육순

어둡고 깊은 바닷속에 빠져 허우적거릴 때
꼭 끌어안고 숨통을 열어 주셔서 겨우 살아났습니다
어머니 감사합니다

먹을 것 없고 추워 잠잘 곳 없이 오들거릴 때
집 지어 주시고 따듯이 불 때 주셔서
어깨를 펼 수 있었습니다
아버지 감사합니다

일월성신 뜨고 지고
비구름 바람 휘몰아쳐 혼란스러울 때
바른길로 이끌어 주셔서
평화롭게 살 수 있었습니다
주님 감사합니다

하나, 둘, 셋
열 서른 육십에 이르니
세상 온갖 일에 순응하면서

때때로 형제자매와 함께 담소를 나누며
제철 음식을 즐길 수 있으니
생명의 멋과 기쁨이 느껴집니다.

명시 여정

춤을 출 때는 神明 나게 추어야 춤사위가 나비 같고
찬송할 때는 神聖한 마음으로 불러야 하늘에 공명
이 울리며
글을 쓸 때는 神氣에 젖어 좔좔 써 내려가야 카타르
시스가 있느니

神氣에 젖어 물 흐르듯 바다까지 이르러
뜨거운 태양 빛에 몸을 사르고 승화되어 오를 때
하늘의 거룩한 나팔 소리와 어울려 심금을 울리는
詩가 되고
언어의 예술로 창작의 기쁨을 끌어내는 명인 명시가
아니런가?

시화전

창공에 한줄기 구름 떠다니고
푸른 잔디마당 가운데
해와 달이 잠겨 어울려 사는 '월여지'

어둠을 떠다니던 달은 호수 변을 돌아 나가고
여명을 뚫고 해님이 불그레한 얼굴 비추니
잉어 떼를 따라 금 비늘 같은 시어들이 윤슬처럼 반짝인다

북서울 꿈의 숲속에
들꽃과 춤을 추듯 아름다운 선율이
잔잔한 호수의 물결에 실려 화폭 위를 줄지어 오르내린다.

시화전2

팔뚝보다 큼직한 잉어 떼가 떼 지어 노는 석촌호 둘레길에
이른 아침부터 산책하는 연인들이 줄지어 모여든다

마천루 빌딩 숲 안에 꽃나무와 담수가 어우러진 눈부신 호
반을 수놓던
화폭에 안긴 시어들이 떠날 채비를 갖추고 몸단장을 서둔다

꿈을 싣고 이국의 땅으로 시인의 마을을 찾아 다시 떠나
가려는가 보다!

시화

한 폭의 정경이 살포시
눈에 들어온다

가슴이 뭉클해지고
시간이 멈춰 버린 듯

눈을 감으니
묵향이 짙게 배어난다.

우리 하나로

반도의 꼭대기에 우뚝 선 백두산
세찬 한파와 비바람을 잠재우고
천 길 푸른 생명수를 담았다

대간을 이어가던 중에
심해의 깊은 바다에 다리가 잠겨 혈류가 막힌 한라산에

천지 물 길어다 백록담을 채우니
이 오름 저 오름 초목이 싱싱하고
삼다수 맑은 물이 민족의 갈증을 풀어준다

반도의 혈맥이 굽이굽이 백두에서 한라까지
무궁화가 줄지어 이어진 국토를 따라 어디를 가나
대한민국이 나아가는 길
길이길이 목마르지 않으리로다!

독도 일출

대한의 땅 동쪽 끝에
우뚝 솟아

거센 파도 이겨내며
아침을 열어 주는
한반도의 동쪽 끝에 서서
치켜세운 첨봉의 기세가 굳세다

봉우리에 맺힌 타오르는 빛이
한국민이 헤치고 나아갈 길을 환히 밝힌다.

잃어버린 정음(正音)

믿음직한 아버지라는 말
속 깊고 포근한 어머니라는 말

어릴 적에는 자주 들었고, 몸에 밴 말인데
요즘에는 듣기 가물가물하고
애써 들으려 해도 잘 들리지 않는다

아버지라는 말 대신 살갑고 벗처럼 느껴지는 아빠
가슴 깊은 곳에서 우러나오는 어머니라는 속 깊은 언어 대신
말끝이 올라간 엄마라는 소리를 들을 적마다

아버지에서 우러나오는 굳셈과
어머니로부터 샘솟는 물 같은 그리운 소리가
아련히 멀어져 가는 듯하다

굳셈으로 용기를 다지고 힘을 얻어
고된 삶을 헤쳐나왔던 '아버지'라는 말
가슴 깊이 사무치는 사랑이 그리울 때는
하늘 맞닿는 곳을 향해 '어머니'를 외치면서
텅 빈 허전함을 위로받았던 일들이 사뭇 그리워진다

이제는
밖으로 크게 내지 못하게 된
아버지와 어머니라지만

돌아서
예전 살던 곳 바라보며
아버지~ 어머니~~ 불러 봅니다

울먹이는 가슴 안고
그리움 속으로 길게 외쳐 봅니다
아버지~~~, 어머니~~~

으뜸 말

이 세상에
가장 가슴 적시는 말 – 엄마

이 세상에
가장 친근한 말 – 엄마

이 세상에
가장 가까운 말 – 엄마

이 세상에
가장 작은 말 – 엄마

이 세상에
가장 작은 것들이 응어리져서 커진 말 – 엄마

이 세상에
가장 위대한 말 – 엄마

여자는
'엄마'라는 이름으로
고귀하고 위대하다.

마음자리

너에게서 온갖 생각이 문득문득 일어나는데
왠지 늘 그립다

지친 마음이 떠돌다
앞서가는 뭉게구름을 따라 걷다 보면
시름도 어느덧 사그라지고

하늘아~
네가 있어
혼자 있어도 외롭지 않고

내 마음이 언제나 쉬어가는 너의 자리는
넓고 크기만 하다

마냥 바라보고 늘 함께 지내는데
곰곰이 말이 없고

지긋한 눈빛만 끌어안은 채
속내를 감춘 뭉게구름과 같이

너의 품 안이
내 꿈이 자라고 커가는 아늑한 보금자리다.

지구별 공동체

높은 하늘에 구름이 뛰놀고

땅속 깊이 지하수가 춤추듯 흐르는 지구별에

삼위일체 한 몸을 이루어 사는 인간은

천지인 서로 손잡고 코스모스 우주여행을 하면서 둥글게
잘도 돈다!

은월(嶾月)

水墨畵의 달그림자
수줍음도 병이랄까

임 그리워 지새는 밤
오시는 길 밝히시려

처량한 달빛 쏟아
아롱져 비춘다!

승화

피정을 즐기는
한적한 가옥 틈새로

흰옷 입은 천사처럼
모진 풍파를 이기고

부활의 십자가 목련을
고상히 피워 냈구나!

고독한 거목

세파에 수백 년을 살아 풍채는 커지고
창칼이 뚫을 수 없도록 갑옷도 잘 채웠지만

몸통 한 곳엔 도사리던 외로움이 주체할 수 없어
철갑옷을 뚫고 툭 터져 나와
나도 숨 좀 쉬고 살자고 얼굴을 내밉니다

외로움은 철없다 하여
푸릇 당당한 고독을 피워보겠다는 외침이
유별 돋보입니다

외로움과 고독을 안고 사는 거목은
그래서 더욱 든든합니다.

효도지난(孝道持難)

부모로부터 생명 받고 태어나

먹는 일, 입는 일, 자는 일
늘 받고만 사는 것에 익숙하고
한껏 받아 누려야만 하는 것에 만족스러운 자

낳았다는 이유로
버릴 수 없다는 굴레를 씌워서

배를 불리며
살찌우고
잘난 건 나 잘난 것이니
잘 입고 곧잘 가꾸며 뽐내는 자

변덕과 싫증도 조변석개인지라
뜬금없이 남보다 못나 보인다는
허망한 착각에 빠져

못난 건 부모로부터
잘못 물려받았다는 원망에 묻혀서
입꼬리 내리고 심술부리는 자

보은의 덕 팽개치고
치장일, 성형일 자기 몸 챙기기에
있는 정력 없는 재산 다 쏟는 자로서

생명 주고 돌봐준 은혜를 되돌아보며
감사할 일 잊고 산 지 오래이더라!

어언
꿀단지, 돈 단지, 샘물 단지
금이 가고 밑동 새니

그제야
눈 트이고
망각의 장막이 걷혀

금이 가고 깨져 버린 생명 단지 부여안고
울며불며할 즈음

저만치 흘러가는
생명의 물 단물 샘물
눈시울에 바라본들

그 눈물 한이 서려
달음질쳐 멀어져 가는
오아시스 생명 줄기
어찌 맞닿아 되잡을 수 있으려는가

조금만 못하면 무심히 잊고 돌아서는
무상한 세상일에는
열을 다해 바벨탑을 쌓으려니와

오매불망 한결같은 어버이 베풂에
보은 감사 헤아리지 못하는 삶일지라면
風樹之歎(풍수지탄)의 회돌이를
면할 수는 없을진저!

보너스 2달

밤하늘 달이
둥글게 피어났다가
이지러지기를 10개를 채워도

다 쓰지 못한 아쉬움에
너를 위해 남겨둔 하나 11월

결실과 평화 이루어
온전한 해를 마감하라고 해서
나의 위로를 위해 남겨둔 하나 12월

10이면 꽉 찬 건데
보너스 2달 더 남겨 놓았네

너 하나 잘 고아 먹고
나 하나 다져 먹고 나면

쭉정이 짓 어리숙하게 벌였던 일들도
잘 다듬고 뜸을 들이면 알곡이 찬 결실의 한해를 이
루어 내리니!

금연(禁煙)

너는
왜
내게 다가와

뿌리치는 손 마다치 않고
떼어 내고 또 떼어 내도

하얀 드레스에 금띠 두르고
살랑살랑 향을 날리며

주둥이 동글게 오물거리며
매혹을 떠는 게냐

속이 상하고
마음이 허전할 때

때로 일이 잘돼
한시름 놓을 적에

주향이 곁든 자리
벗들이 모여 입방아 질에 분간을 잃고
정신이 혼미한 틈을 비집고

심장을 시커멓게 태우면서
가슴을 후벼 파는 고통을 안기며
죽겠다고 달려드느냐

발길을 돌리려는데
한번 맺은 인연
검은 머리 파뿌리 되기까지 떨어질 수 없느니
이별이란 매정한 말은
하지 말라고 하는가

너와 동거한 지도
어언
한 세대가 지나

머리는 희끗희끗해지고
살결은 주름이 져
숨결도 고르지 아니하건대

'임아 ~
그 강을 건너지 마오!' 라 하니

정을 붙이고 산다는 일이
쉬이 볼 일은 아닌 게야

나 이제 새 임을 만나
회춘하는 봄맞이 놀이에 설렘을 가득 채워

목청을 곱게 하고
임을 향한 송가를 부르려 하니

이별의 아픔일랑
봄 내음 흐르는 아지랑이에 실어
멀리멀리 떨구어 보내려 하네

못다 한 정일랑
허공 속 살풀이춤이라도 추면서
너를 태운 연기는 봄바람에 태워
훨훨 날려 보내려무나!

2021 신축년 육순 하례

매서운 바람 속에
먼동이 트는데
차갑게 언 땅은 풀리질 않고

쏴~아~ 쏴~아~ 밀려왔다
철썩철썩 밀려가는 파도 소리를 데리고
칼바람 풍파가 줄지어 온다

물거품처럼 살아났다가 꺼져가는
자연의 순환을 떠올리며

여명의 빛 밝은 희망을 품고
새해 새 아침을 맞는다

동명의 빛을 따라서
비행접시처럼 지치지 않는 날개를 펴고
해를 품고 날아 보자

우보만리 동토의 다리를 뚜벅뚜벅 걸어서
새롭게 펼쳐지는 자율주행과 스마트의 세계로
흰 나래 홰치며 나가 보자

새해 새 아침이 밝게 떠오른다.

해맞이

세찬 바람과 물결을 타고
임인년 새해가 밝아 옵니다

쉼 없이 밀려갔다가 밀려오는
파도 물결 수평선 위로

먹구름을 헤집고
동명의 빛이 밝아 옵니다

우리 사는 이 땅에
코로나가 덮쳐서

너 따로 빨갛게
나 따로 파랗게

오도 가도 못한 채
해를 넘기고 또 한 해를 보냅니다

코로나를 물고 온 박쥐도 날아간 지 오래되고
느림보 소도 하얗게 센 뒤꼬리를 흔들며 멀어져 갔습니다

2022 임인년 새해는
세상을 마비시킨 코로나도 변이된 오미크론도 둘둘
말아 버리고

자유롭게 만나고 여행할 수 있는
새 세상이 되었으면 좋겠습니다.

코로나 대림 참회

어떻게 처신하는 게 좋을지
매 순간 성찰이 요구되는 큰 전염병이 창궐하는 때

모세의 해방에 앞서

맏이를 쳐내는 희생과
누룩 없는 뻣뻣한 빵과 쓴 풀로 연명하며
죽음의 골짜기를 빠져나오는 파스카를 재현하는 크리스
천 신앙 안에서
코로나 다리를 건너가는 우리의 삶을 돌아본다.

수많은 신앙 체험과 육십갑자 고개를 넘어 회귀하는 여정에
본향의 정착지를 잊고
갈피를 못 잡아 제자리를 맴돌며 묶여 있지는 않은지?

삶의 소중한 지표인 향주삼덕 믿음, 소망과 사랑 안에서
집단 사망이 잦은 요양원 외딴곳에 갇힌 이들의 희생을
애도하며
사회적 거리 두기 방주에 갇혀 성찰의 시기를 보낸다.

열정 예찬

너에게 입맞춤할 때 오감이 확 뚫린다
발갛게 약이 오른 걸 보면 멈칫하다가 두근거리고

네가 품고 있는 캡사이신과 한 몸이 되어
한바탕 얽히고설켜서
이내 붉게 타오를 땐
진땀이 나도록 몸이 화끈거린다

모두 매섭다고 피하는데
가슴을 쓸어내고 심장을 할퀴는 너의 손길이 닿으면
처진 몸이 번쩍 곤두서고 솟구치는 힘이 사납다

맥없는 혈기에 활력이 식어버릴 즈음
열정을 돋우며 찬란한 노을 속으로 풍덩 빠져들고 싶다

몸을 살라 꽃을 피우지 못하고
뜨거움을 잃어버린 생명이라면 죽은 목숨이거늘
활기를 불살라 줄 캡사이신을 데려다 나른해진 몸을 일
깨워 곧이 세운다.

임의 설움

간밤에 폭풍 오열이 휩쓸고 갔는지
움푹 팬 임의 눈두덩이가 붉게 물들고
뜨거운 눈물이라도 뚝뚝 떨어질 양 그렁그렁하다

모두 다 파괴하고
폐허로 만든 가자지구 땅
온통 뿌옇고 삭막한 잔해 속에

홀로 남겨져 울부짖는 아이들
이리저리 쫓겨 피범벅이 된 채
쓰러져 죽어가는 비참한 아마겟돈에서
촌각을 연명하는 사람들이 즐비하다

아브라함 아래 한 핏줄 형제끼리 저리 무참하게 살육하는
전쟁광들의 망나니짓에 소름이 돋는다

'여심통'을 짓누르는 비애가
눈두덩을 붉게 적시고 가슴을 미어지게 한다.

호반 무도회

은빛 망토를 걸친
아름다운 자태의 그대는 샤롯데

빼어난 아름다움에 사랑을 불사르다 요절해
한없이 흘린 눈물로 호수가 된 베르테르

넘볼 수 없는 너를 바라보는 아픔에
쏟아낸 눈물이 넓은 '석촌호'가 되어 출렁거린다.

수백 년 지난 오늘도 그대 곁에서
그리움을 자아내는 호반이 되어
사랑을 꿈꾸는 연인들을 맞는다

'샤롯데 123'
하나 둘 셋, 둘 둘 셋 왈츠 리듬이 울리면

잔잔한 은반 물결이 되어
영롱한 햇살에 반짝이는 베르테르의 슬픈 전설은

연인의 발걸음을 선율에 실어
오색 꽃들과 초록이 싱그러운
호반으로 부른다.

Dancing Queen'마쌤'Class

오랜 세월 풍파에 갈리고 닦여 모양은 제각각이지만
한곳에 어우러져 맑은 옹달샘터를 장식한 모습은
참으로 조화롭고 아름답다

서로 마주 바라보고
넓은 플로어 위를 둥글게 원을 그리며
춤을 추는 원생들의 마음엔 희락이 솟고
이마에는 구슬땀이 송알송알 맺힌다.

도킹(Docking)

은은한 호반 위로 한 쌍의 백조가
느린 춤을 그리며 흐른다

고요한 서정에 잠기니
눈길은 어느새 멈춰 서고

마음속 스크린에는
잔잔한 선율이 흐르는 넓은 무대가 열린다

플로어 위를 함께 돌던 그리운 잔상이
서서히 마음을 적셔 온다!

스텔라 Stella YUNA-KIM

연아 퀸은 동토의 땅 어두운 밤에
세파에 얼어붙은 마음을 밝게 비추어준 Stella였습니다.

연아 퀸의 가톨릭 세례명은
Stella! 입니다

천상이 붙여준 이름 Stella처럼
연아 퀸은 한순간도 하늘의 끈을 놓지 않고

천사의 소리가 불러주는 하늘의 멜로디를
퀸의 날개에 달아 은반 위에 아름다운 실루엣으로
하늘의 환상을 그려냈습니다.

이슬을 머금고 자라는 스텔라 꽃은
눈물을 타고 영롱히 반짝이는
칠흑 밤 속에서 피어난 망울진 별빛입니다

세상을 바라보는 퀸의 반짝이는 맑은 미소는
고독 속에 피나는 훈련과 눈물을 마시고 피워낸 하늘
의 꽃이며
눈물의 굴절 없이 볼 수 없는 까만 밤의 큰 별 'Queen
of Stella'입니다.

승부수

대한민국이 1998년 외환위기를 맞아 IMF 구제금융 규제
를 받으면서
생전 겪어 보지 못한 경제적 파탄에 빠져 어쩔 바를 모르던 중
극심한 국가 혼란과 시련에 허덕이던 때에

20세 초년인 박세리가 US여자오픈 결승전 연장 18홀의
절체절명의 위기 상황인 늪지에서 탈출해 나오는 2nd 두
번째 샷은
어떠한 힘든 악조건에서도 포기하지 않고 도전하면 이겨낼
수 있다는 자신감과 도전 정신을 고취해 주었다

깊은 물구덩이에 빠져 헤어 나오기 어려운 승패의 위기 상
황에서
짐이 되는 모든 것을 벗어 던지고 맨발의 하얀 속살을 내
비치며
오직 승리하겠다는 일념으로 그동안 수만 번 다듬었고
몸에 익은 결정적 선택의 52도 웨지로 건져 올린 공이 기
념비적인 우승으로 이어져 침체한 한국민의 민심을 위로
하고 난국을 이겨내겠다는 불굴의 의지를 불러일으켰다

큰 어려움이 닥쳐올 때마다 좌절을 딛고 다시 일어날 용
기와 힘을 주는 영웅이 나타나 한국민을 북돋아 주는 지
난 역사 속에서
IMF 때는 금 모으기로 하나 된 마음으로 위기를 극복
해 낸 일을 떠올리며
어려운 상황에 맞닿으면 박세리가 보여준 진취적 기상
을 되돌아보곤 한다.

리더십

정감이 유다르고 따듯한 남자

준법 약속도 잘 지키고 용기와 배짱도 두둑하니

영업실적 1등, 리크루트 명장 클럽을 이끌 자

'정준영'뿐이로다!

재갈

말이 많아서
헛말이 되어 사라진 게
얼마나 많은지 모른다

말소리가 커서
거칠게 뿜어내다 조화를 깨뜨린 건
얼마나 많은지 분간이 안 된다

말끝이 길어서
질질 끌리며 사방에 먼지를 피워낸 일은
또 얼마나 많은지 눈앞이 자욱하다

말이 말 같지 않아서
이해와 소통을 어렵게 한 적이
얼마나 많은지 가슴이 무겁다

성찰하는 습관과 침묵을 몸에 익혀
세 치 혀로 사람을 상처 내는 헛말이 새어 나가지 않게
매 순간 고삐를 바로 잡는다.

비애(悲哀)

추위에 움츠린 삭풍의 날에

사군자의 기풍을 망각의 저편에 두고서

수묵화의 담백함에 세상의 시름을 던져 놓은 여백에는

빛바랜 얼룩이 부질없이 맺혔다.

행복주택을 찾아서

산촌에서 바라본 서울 하늘은 넓기만 한데
꿈을 안고 올라와 눈 씻고 두리번거려도 쉴만한 곳이란
찾을 길 없어라

서울의 거리는 사랑의 거리라고 하는데
정붙여 애 낳고 살만한 자리라고는 달동네 쪽방도 버겁
기만 하다

어디로 가야 하나?

지친 다리를 이끌며 언덕길을 오르니
저 아래 마천루엔 초롱 빛이 구슬을 꿴 듯 반짝인다

막다른 골목 끝 비탈진 곳 문틈 사이로
희미한 촉 등은 껌뻑껌뻑 졸듯 꾸벅거리고

눅눅한 장판 위 등줄기를 타고
몸속 깊이 묵직한 피곤이 밀물처럼 차오른다.

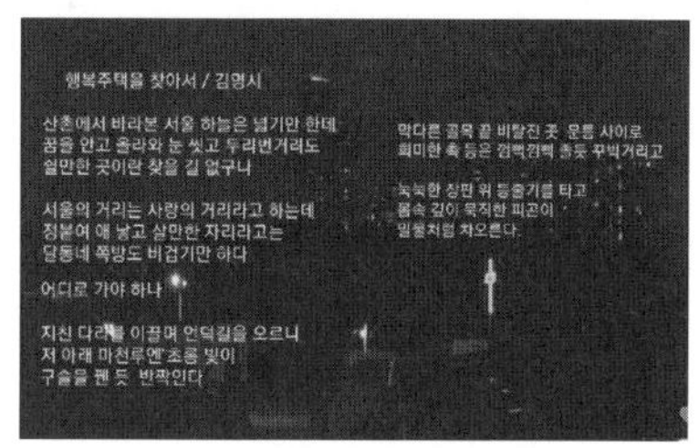

친구

가끔 우연히 생각나는 사람은
나의 추억입니다

언뜻 망막 스크린에 떠오르는 그는
나의 그리움입니다

때때로 술 한잔하며 터놓고 말하고 싶은 이는
마음을 엮어 함께 걷는 친구입니다

이따금 지난날을 떠올리며
꿈을 이루어가는 여정에 벗이 있어 든든합니다.

메아리

메아리가 없는 쉼터 카페는
화객(話客)이 문턱을 빼꼼하다

싸늘히 식은 쇠붙이 난로에
덩그러니 놓인 찌그러진 포트를 쓸쓸히 바라보다가

피곤함에 지친 발걸음
목축일 쉼터도 없는 외로운 여정을

석양을 등진 채
적막한 외길을 지나쳐 떠나갑니다!

구화지문(口禍之門)

늘 땅만 기어다니면서
오만가지 구린 냄새를 풍기는 너

험담하고
뒷담화로 헐뜯고

고약한 말버릇에
분수에 맞지 않는 탐식을 일삼는
막돼먹은 주둥이 너는

세상에 비뚤어져서
대가리 쳐들고
물구나무서기를 재주로 너불거리니

양치한들
입가심한들

쳐진 모양새와
거칠고 구리게 물들어 거꾸로 뒤집힌 입일진대

뱀 대가리 코브라 모양새를 닮아
고리하고 불결한 악취가
쉽게 가셔지려나 모를 일이다!

향수(鄕愁)

붉게 물든 석양을 등지고
임진강 변을 따라 끝없는 철책선이 가로막혀 있습니다

건너가고 싶은 마음 간절한데
머리가 백발이 되고 고희가 지나도록
굽이치는 강물을 발갛게 물들이며
저 멀리 서녘 하늘 아래로 피멍 든 심장이 주르르 떨어
집니다.

산이 높아 못 오르고
물이 깊어 못 건너는 막막함이 앞을 가립니다

철조망에 찔린 망향의 그리움이
응어리진 상흔을 째고

노을에 타는 강물에 쏟아져 내려
선혈 가득 붉게 물들입니다.

머나먼 저 별이 되어

18세에 친구의 연인으로 만나
오랜 세월을 함께 어울려 왔는데
아들과 며느리가 교수 부부로 맺어지는 날

갑작스러운 루게릭병이 엄습해서
화촉을 밝힐 힘도 다 떨어졌는지 병실에 홀로 남아
성혼 예식을 마치자 버티던 명줄을 놓았다

하객 버스로 급히 돌아오는 길에 부음을 받고 망연
자실하는 중에
이렇게 황망할 데가 없다

회갑을 돌아 옛 친구들과 주말농장도 가꾸고
사철 여행도 하는 지금이 화양연화라 했는데
어찌 이렇게 급히 떠나갔는가?

배시시 맑은 미소를
흐릿한 망막에 드리운 채
붉게 물든 석양 속으로
진땀을 뚝뚝 떨구며
신아는 그렇게 멀어져 갔다

까만 밤 저 멀리 반짝이는 시린 별빛이
한없이 애처롭다!

호반의 백조

코가 시려 마스크를 쓰던 때는
입마개를 하고 놀아도 거리낌이 없었다

요즘엔 하루건너 대륙의 굴뚝 연기와 뿌연 황사가 뒤섞여
미세먼지가 가슴을 메케하게 하여
촘촘 마스크를 쓰는 게 일상이고 폭염에 땀이 차고 숨
도 가쁘다

단비가 내리는 날
확 트인 잔잔한 석촌호수 가운데
앞서거니 뒤서거니 춤을 추며 노는 한 쌍의 백조가
검게 그을린 마음을 씻어주니 그나마 시름이 걷힌다.

시시포스 보다

걸리고 쓰러지길 하루에도 수십 번
짜증도 지쳤고, 울화통도 퉁퉁 부었다

그만두면 더 나을까?

여러 번 망설이다가
맥 빠진 슬개골 움켜쥐고
일그러진 속을 추스르며
큰맘 먹고 다시 일어나 나간다

세상살이가 고달프고 사막의 길이라고 하는데
급할 때 발목 잡히고 앞길을 가로막는 첩첩 장애에
걸리고 엎어져도
꺾이지 않는 의지를 되살려 또 나아가야지
어차피 내게 주어진 길이 아닌가?

다도(茶道)

따스한 꽃잎 차 한 모금에
황톳빛 온화함이 느껴진다

찻잔 안에 은은한 빛이 스며들고
청정해지는 마음 안으로 고요가 찾아든다

내 안에 너 잠길 때
평온과 행복이 깃들고

찻잔의 씨방이 열리며
반야의 미소가 피어난다.

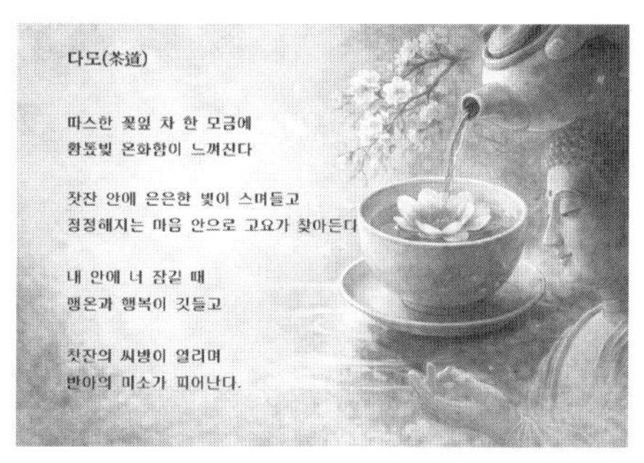

정화

생각과 마음이
연꽃처럼 고와야
상생의 길에 드는데

세상이 연꽃처럼
자라나지 못해서 그런지

이쁘고 고운 상생의 꽃을
잘 피워내지 못하는 듯합니다

구정물과 진흙탕 속에서도
하얗고 이쁜 꽃을
곧잘 피워내기도 하건만
사람은 또 다른가 봅니다

열 길 물속은 알아도
사람 생각은 모른다고 하고
알다가도 모른다는 게
사람의 마음이라지만

사람의 생각과 마음도
깨끗해지고 잘 자라서
고운 연꽃처럼

하얗고 이쁜
연꽃 같으면 좋겠습니다

정말
그러했으면
좋겠습니다.

끝인사

만남의 끝자락에 '잘 가'라는 한마디
석별의 아쉬움마저 녹여 내는 위로다

선이야 잘 가
명인도 잘 가
시어처럼 잔잔한 후렴구 메아리도 잘 가~

우리 만남이 우연이 아니라니
만날 때 안녕
헤어질 때 '잘 가'의 노래 가사가
도돌이표를 따라 선순환되면

우연히 스친 시간 속에
든든한 인연이 맺어져
춤판에 감흥이 일고
따듯한 불꽃이 피어나겠다!

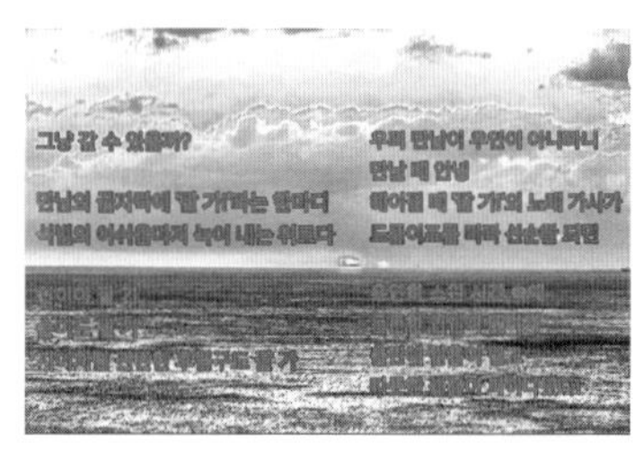

사은(思恩)

한겨울에 눈이 오거나

봄을 시샘해 철모르고
붉은 눈망울 치켜뜨고 홍매화가 필 적에나

언제나 설화수처럼 맑은
선생님의 마음이 불현듯 떠오르니

사시사철 한결같은
사군자의 멋을 한층 더해줍니다!

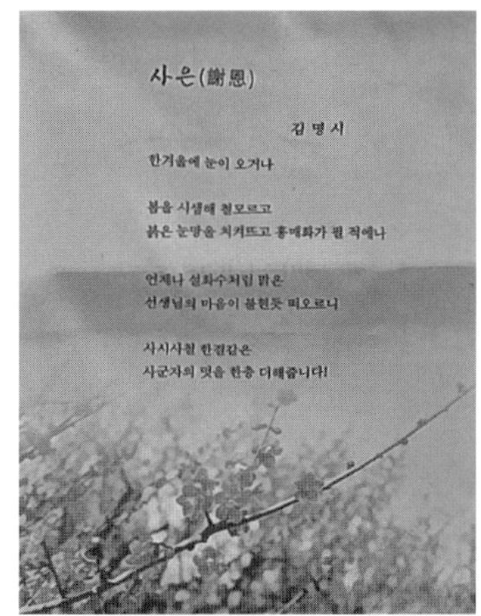

제2부. 사계 흥취

매봉골 봄의 전령

가을의 흔적을 남겨 두고

엄동의 얼음 속 긴 잠에서 깨니

여심의 떨리는 가슴골 사이로

주르르 사내 심장을 가르며 흘러내린다.

문 앞에 서성이는 새 손님

입춘대길이라고 해서
설레는 마음 안고 봄나들이 나서려니
바람도 차고
빈 주머니에 든 손이 오므려집니다

단짝 친구인 건양다경이
가까이 다가와

좀 춥기로서니
움츠리고만 있으면 점점 더 쪼그라드니

어깨도 펴고 발걸음도 가볍게
봄 맞으러 가자고 합니다

새로운 분위기를 기다리는 마음을 재촉하며
입춘을 맞습니다

몸은 춥지만
코끝에는 이미 향긋한 꽃향기가 살랑입니다

봄이 오는 길목에 대문을 기웃대는 대길과 다경을 데리고
아직은 시리지만 서로 손을 잡고서 새봄을 맞으러 나갑니다.

상춘가(賞春歌)

꽃 피는 봄 동산
거닐며 오르다가

개나리도 한 모금
철쭉꽃도 한 아름
진달래랑 달래 보며

임의 얼굴 슬며시 훔쳐보니

가슴은 콩닥이고
옹달샘 물보라가 송골송골 솟아납니다!

청명제(晴明祭)

종자밭 갈아엎어
골도 내고 이랑은 부풀려서
새싹 틔울 작업할 제

겨우내 쌓아 놓은 새하얀 요소비료 챙겨서
뿌리러 가오
씨 뿌리러 밭갈이 나간다오

논두렁엔 발가벗은 배롱나무가 보란 듯이
붉은 꽃망울 터뜨려 백일을 기약하고
한껏 부풀어 오른 뭉실 흙엔 복숭아꽃이 반색이로라

어화~ 어화~

청초 밭에 멍석 깔아
농익은 탁주 반상을 차려 놓고

베롱이야 둥둥 뜬 청주 한 모금
도화녀는 코끝에 스며드는 농주 한 잔
농자는 나발을 불어라니

청명한 하늘 아래 월령가 노래 절로 나고
뉘엿뉘엿 석양이 타는 서녘에는 초승달도 실눈 뜨고
반겨 주는데

도원이 따로 있으려나
땀 흘려 씨뿌리고 키워 내는
내 밭이 무름인 게지!

내 마음의 꽃

진흙탕 속 구정물 걸러 마시고
아름답게 피워내는 연꽃은
내가 커가야 하는 하얀 마음

유리처럼 맑고 투명한 정화수를 머금고
깨끗한 맘속에서 붉게 피워내는 장미꽃은
효심이 커가야 하는 붉은 마음

하얀 마음 내 속에서 우러나고
붉은 마음은 임 안에서 자라납니다.

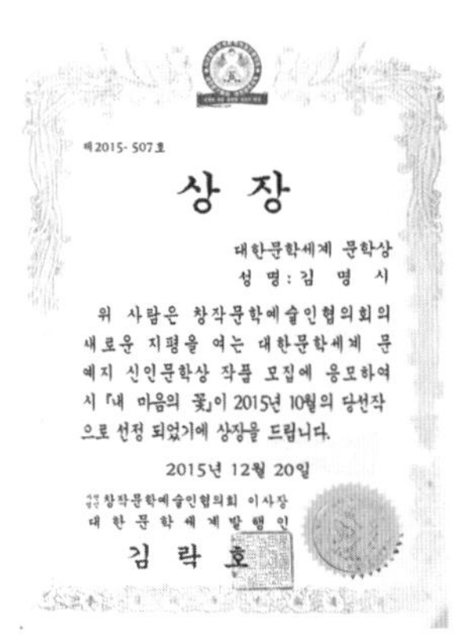

석양 물결

동구 밖
개울 번에
빛줄기 쏟아지는 땡볕 아래

붉게 타오르는 양귀비꽃
요염하고 탐스럽게 피었다

꽃 무리 잎 따다가
일렁이는 물결에 띄워
노 저어 한가로이 뱃놀이 하노라니

두둥실 흐르는 물 위에 떼 지어 춤을 추듯
반짝이는 비늘 물결에
다홍빛이 들어

아편에 홀린 듯
아롱아롱하여라!

유리 꽃 나르시스

샘물가에서 이쁜 유리 꽃을 만나거들랑
설레는 마음 가득 담아
장미처럼 붉은 입술 동글게 오므리면서

가까이
더 가까이

붓털 같은 손길로 쓰다듬으며
못다 한 사랑을 흠뻑 쏟아 주셔요

천 길
만 길
깊이 들여다보고

어깨가 빠지도록 한없이 휘젓고
설레질 쳐도

맑은 빛으로 흙탕물도 안 내고
마음속 바닥까지 활짝 열어 주니
신비스럽고 설렘이 이를 데 없어라

유리처럼 맑은 샘을 지그시 바라보면
유리는 간데없고 동그란 내 얼굴만 두둥실 떠다닙니다

샘물가에서 이쁜 유리 꽃을 보거들랑
가까이 한 발짝 더 가까이 다가가

눈망울 마주하고
활짝 핀 부채 손 스리렁 살랑거리며 퐁당질 하노라면
유리알처럼 맑은 서정이 뾰로롱 솟아납니다!

연보라 연정

보이지 않는 곳에 있지만
라일락 꽃향기가 짙은 잊히지 않는 임 생각에
빛바랜 앨범만 뒤적이다 선잠이 듭니다

바람에 실려 온 아릿한 추억이 되살아나
뜨거운 만남의 가위눌림에 얼떨결 잠에서 깨어나니
앞니가 시큼하고 갈빗대에 금이 간 듯 욱신거립니다

깊이를 알 수 없는 보랏빛 바다가 열리고
갈바람에 살랑이는 비늘 물결 넘실거리는 갯바위에
길게 드리운 낚싯대에는
돌덩어리 같은 애환과 뜯겨버린 그리움만 끌려 나옵니다

끝없이 펼쳐진 쪽빛 바다는
이룰 수 없는 욕망의 끝자락에 걸린 허상을 짙게 남겨 놓
습니다.

비련(悲戀)

아쉬운 일장춘몽이건만
선잠에서 깨어나니 온몸이 뻐근하고
아픈 기억이 되살아나 욱신거린다

창포 물결보다도 짙은 바다에 빠져 허우적거리듯
깊이를 알 수 없는 블랙홀 사랑은

현실로 돌아 나올 길이 막막해
일말의 욕망도 단말마의 끝자락에 걸려드는가 보다!

은해(銀海)

은근히 빨려 드는데
해 볼 도리가 마땅치 않다

은근슬쩍 곁눈질만 하다 보니
해거름에 걸려 석양 노을이 타들어 간다

은은한 달빛 쏟아지는 달맞이 길목에
해마루 누각에 기댄 가슴엔 짙은 멍울이 맺혔다!

은해(銀海) 연정

꽃잎 이슬

눈이 맑게 갠 날
화폭에 잠긴 눈동자가 초롱초롱하고

시린 날 스치는 바람에
수정 같은 망울도 영롱하게 빛난다

진한 국화 향에 맺힌 이슬이
윤슬처럼 반짝이고
선한 미소의 자태가 빼어나도다!

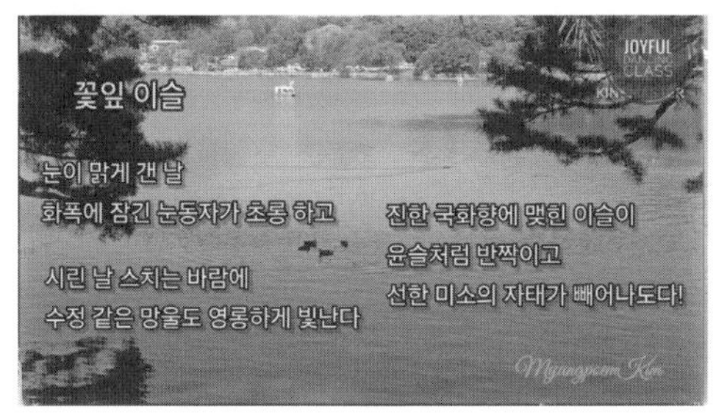

청산유수(靑山流水)

산처럼 푸르고
강처럼 유유하게

맑고 깨끗하게
산소처럼 살면서

잠시 머물다
쉬어 가는 곳에는

사랑이 깃들고
평화가 가득해서

요산요수를 벗 삼아
피정하는 흥취가 유유자적 쏠쏠합니다.

세월

동네 어귀 냇물에서
미역 감고
물장구칠 적엔

생각이 온통 놀이에 묻혀
고민거리라고는 없었는데

무슨 사연이 있길래
끝도 알 수 없는 번민이 스며들어

어린 시절 단순했던 마음에
하나둘 시름이 쌓여만 갑니다

한낮의 물장구 놀이는 아득하고
어두운 밤 모닥불가에 마주 앉아
시린 손 잡아 주는 여정을 지나

지난 추억을 떠올리며
그리운 조각구름을 떠올리며 미소를 머금는
너와 나

중년의 능선을 돌아드는
황혼의 나그네입니다.

비 오면 서 있는 채로

비 오면 서 있는 채로
나 그대를 맞이하려 해요

오랫동안 그리움에 물들었던
얼룩진 마음에

그대
세찬 비가

오로지
나만을

이 내 텅 빈 가슴을 사랑하는 오롯한 마음으로
흠뻑 쏟아 주신다면

나
임을 향한 그리운 마음을 가득 담아
임 오시는 하늘을 향해
마냥 머물겠어요.

우산을 받쳐 들 마음도 잊었어요.

그대
나를 흠뻑 적시는 세찬 물줄기에 녹아
망 비석이 되어
그대 그리움의 화신이라도 되리라면

그대 나의 임은
빗속의 사랑으로
영원히 잊히지 않는
신화 속의 연인이 될 테니까요!

제목 : 비 오면 서 있는 채로
시낭송 : 박영애

나룻배와 여인

저 멀리 바라보며
미소 짓는 은근한 모습이
빨려 들듯 사랑스럽다

강변을 따라 끝없이 펼쳐진 단풍 숲을 가르며
나룻배에 몸을 실은 미소녀의 눈망울엔
울긋불긋 오색 단풍이 들었다.

흐르는 강물에 두둥실 떠다니는
해맑은 눈물샘이 쪽빛에 잠겼다.

추상(秋想)

꽃집에 갇혀 가을에 피는 꽃은
잠시 자라다 스러지나니
새봄에 돋아나
사철 푸른 들꽃으로 피어나고 싶다

고운 향 뿜어내며
화사한 옷을 입고 나들이도 하고

작열하는 불꽃을 태우며
광대무변의 우주를 휘돌아 보면서

가을의 길목에 들면
오색의 단풍 물결과 한데 어울려
한바탕 춤을 추며 알알이 구슬땀도 흘려 보련다.

꽃집을 비집고 스며드는 석양빛을 타고
차곡차곡 쌓여만 가는 그리움 덩어리는
파리한 가을 하늘에 뿌려 놓아
가을 길목에 남겨 두련다.

깊어 가는 이 가을
단말마의 갈 향기에 잠기니
그리움만 한없이 커간다.

낙화유수

잠깐 피었다 핑그르르 폭우 쏟아지듯 흩날리는 벚꽃
비를 맞으니
짧은 생의 덧없음이 가시질 않는다

허허로운 마음에
급히 들이켠 막걸리 한잔에
캡사이신을 듬뿍 발라 맛깔나게 버무린 겉절이 안주
가 뒤섞여서

핵융합을 일으켰는지 위장을 할퀴고 쥐어짜며
식은땀에 발작을 일으켜 쭉 뻗어 눕혀 버렸다

한창땐
푸른 고추든 붉은 고추든 캡사이신쯤은 거뜬히 제쳐
버렸는데

한바탕 비바람 거치고
꽃잎이 떠나간 자리에 홀로 남겨진 날

막걸리 한잔
캡사이신을 덧칠한 절은 채소 두 조각에
맥없이 쓰러져 버리니

화무십일홍의 낙화유수처럼
인생의 가는 세월도 덧없기는 한가지로다!

지나간 청춘

마음속에는 오색 단풍이 여전히 곱게 물들어 있는데
눈앞에는 가물가물 어렴풋이 멀어져 가고

귀엽고 이쁜 추억들이
갈잎 낙엽처럼
하나둘 떨어져 스러져 간다

가을은 한없이 깊어만 가는데
언제라서 청초한 잎과
고운 향내 피어나는 꽃을 다시 볼 수 있을는지
지나간 추억들이 주마등처럼 스쳐 지나가며 아득함이
밀려든다!

가시나요

모두 떠나고
홍시 하나 달랑
아찔한 공중그네를 타고 있습니다

창공에 구름 한 조각
잠시 머물다가
말없이 스쳐 가고

어제 놀던 색동 잎도
갈바람 따라 나풀대며
아찔하게 바라춤을 춥니다

길 잃은
까마귀 한 마리
슬며시 다가와 앉아
검은 부리를 쪼아대고

앙상한 가지 붙든 채
파르르 요동치는 심장은
된서리에 움츠러듭니다

앙상히 마른 가슴
뒹구는 낙엽 따라
가을바람에 실려 휘돌아 나갑니다.

추수 감사제

가을엔 임께 들어 기도하게 하소서

그동안 잊고 살아온 흐트러진 일들을 헤아리고
길가에 떨구어진 낙엽들을 벗하며

자신을 태우는 연기 되어
희생 제물을 바쳐드리게 하소서

드높은 하늘을 그리는 잔잔한 희망에
따스한 불길이라도 연기에 실려 그리움을 마주하면

잊힌 아쉬운 일들이
위로의 메아리 되어 평온을 되찾으리니

임이시여!

이 가을에

붉은빛
누렁 빛
춤추며 온몸을 사르는
황엽 주실의 아름다운 벗들과

임을 향한 본향의 길에 들어
가을엔 기도하게 하소서!

10월의 가을

10월이라서 가을 향이 짙은 걸까
가을이라서 10월이 깊이 새겨지는가

머리에서 가슴으로 떨어지는 물보라에
온몸을 적시는 10월의 가을엔
오색 단풍과 함께 온통 물들고 싶어라

가을이라 10월이 되면
깊고 연파란 하늘과 손잡고
온 누리와 하나 되고 싶어라!

비 오는 가을날

겨울을 재촉하는 비가 내린다

세찬 빗방울이 시리게 물들인 단풍잎들을 다 떨구어
가을을 떠나보내려는가 보다

가슴을 적시는 가을이 저만치 멀어져 간다.

가을 여행

가을 하늘을 보면
그리움이 우러난다

그 속에 남겨진 너를
가슴에 담고
낙엽 위를 걸으면

깨알 같은 이야기들이
바스락거리며 튀어 올라
구름 속으로 퍼져간다

흰 구름 가는 길에
너 있으니
가을 여행이 즐겁다.

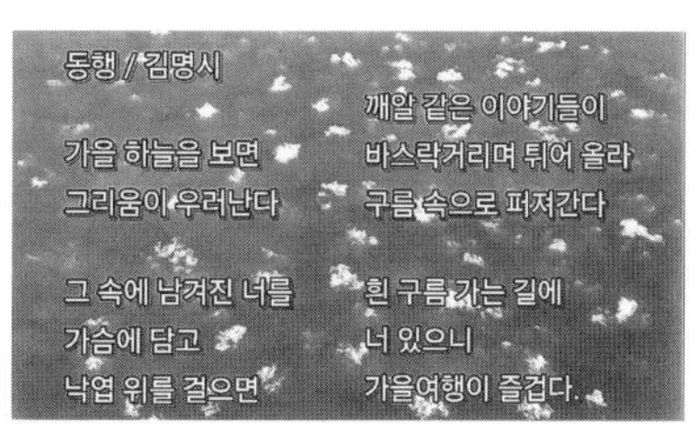

만월경 카페

라테가 생각나면
만월경에 간다

혀를 휘도는 감칠맛과
코끝을 스치는 그윽한 향이
잊히질 않아

오늘도
가을을 손잡고
만월경 카페를 찾는다.

동주 동행

CM 동주 님의 넉넉하신 품성은
한가위 보름달과 닮았습니다

추석이 우리 마음을 밝고 즐겁게 해주는 건
어두운 밤 우리 마음을 밝게 비추어 주고
우리 가는 길을 바르게 가리켜 주기에 그렇습니다

이러한 위안과 든든함은
동주와 동행하는 이들에게
한가위 추석 달처럼 보배롭습니다.

망월(望月)

휘영청 둥근 보름달
한가위가 되니 더 밝고 통통하게 살이 올랐어라

오랫동안 그리던 임을 만나
복덩이 같은 맑은 얼굴을 보니 다정도 수줍음을 타고

달처럼 밝게 웃으면서 두둥실 수월래놀이와
둥글게 동심원도 그려 보고
화목한 윷놀이로 원둘레도 펼쳐보며 화목한 추석을 지
내니 좋기도 하다!

집으로 돌아가는 마음에는
애정이 어린 즐거운 추억들을
수북이 봇짐에 실어

잔잔한 생활 나눔과 소박한 마음을 담은 행복 꾸러미에
하나둘 아기 보름달을 엮어서
내년에 떠오를 추석 달을 둥글게 키워 보려무나!

만추

가을 뒷자락에
은행잎이 온통 울었다

낙엽 위에
발자국이 노랗게 물들었다

임 바라기 기다림 속에
미소녀의 가슴도 흠뻑 젖었다.

가을 남자

남자가 분위기를 타면
노을빛이
여자의 입술처럼
촉촉해진다고 합니다

감성적 기분에 젖어
노을이 지는
한적한 벤치에 앉으니

지난날 야생마처럼 내달렸던 말발굽 소리가
아련히 들리기도 하고

세차게 내리치던 말채찍에
머리를 솟구쳐 울부짖던 소리가
아픔에 신음하는 소리로 굴곡져 들릴 때면

거칠던 소리 그림자에 잠기고
싸늘했던 채찍질이
소녀의 빗질처럼 길어지고
부드러워진다고 합니다

매운 고추장 톡 쏘는 맛도
구수한 된장 맛에 익숙해져
누런 벼잎 낟알처럼 고개를 숙이고

여인의 앙칼진 소리도
석양을 등진 기러기 울음 같아서

아련한 추억의 연가 속에
가을 남자의 가슴을 노을빛으로 물들인다고 합니다.

추상(抽象)

가을밤이 이지러지면
야릇한 밤꽃향도 가물가물해지고

가시 돋친 푸른 갑옷도 해져
가을 나그네의 길어진 눈빛에
붉은 속살을 내비칩니다

수줍음에 붉어진 젖가슴에
옷깃을 여미다
바람에 할퀴어 툭 떨구어

세파에 닳아 성글어진
갈 남자의 소갈머리 위로 떨어지니

알밤인지
꿀밤인지
정신이 몽롱해집니다

가을밤은 깊어만 가고
긴 밤을 태워 먹을
군밤이 그리워지는 가을입니다.

첫눈 오는 날

첫눈 오는 날에는
꿈을 품고 자라난
꼬마 눈사람의 생일잔치가 벌어지고

동동 곱은 손으로 지어낸
배냇저고리를 입은 하늘 천사의 웃음소리에

출산의 고통도 사라지고
잔잔한 기쁨이 솟아납니다

첫눈은 동심으로 부푼 이에게
그리운 친구를 맺어주는
하늘이 주는 선물입니다.

설화

첫눈이 내립니다
함박눈이 조용히 내립니다

나뭇잎 위에
하얀 솜이불을 깔고
벌거벗은 마른 가지에 눈꽃이 피어납니다

코로나 전염병으로
켜켜이 쌓인 응어리도
눈 속에 고이 잠들어

내일은
아름다운 꽃으로 피어나면 좋겠습니다.

엄동에 갇힌 연정

겨울날
어둠이 내리고
싸늘한 바람이 살을 에는데

적막한 강 건너 홀로 서서
허벅다리 길게 뻗고 어서 오라 손짓하네

고요히 장막치고
아름다운 자태로
어서 오라 하지만

차마
발길이 떨어지지 않네

너를 맞아
불꽃을 태울 열정이 식었나 보다

동장군 물러가고
얼음이 풀리면
사뿐사뿐 저어 가리니!

눈 오는 출근길

오늘은 출근하는 길에
하얀 눈이 하늘거리며 내린다

하얀 순백의 솜털 같은 눈이 내리는
길을 걷노라니
눈썹에 눈이 내려앉아

눈물인지 이슬인지
맑은 수정 방울이 아롱다롱 달려서
세상이 수정궁처럼 환희롭다

눈이 내리면
왜 기분이 좋아지고
마음이 벅차오를까?

우리의 희망과 꿈의 나라인 하늘에서
춥고 더럽혀진 이 땅에
먼 옛적 꿈에 그리던 벗님이
순백의 정결한 눈꽃으로 날개옷을 입고
찾아와 반겨 주니

이처럼
마음이 벅차고 기분이 좋은 건 아닌지?

이처럼 아름다운 백의천사처럼
오랫동안 그리움에 마음 졸이는 이들에게
희망과 꿈을 전해줄 수 있을까?

첫눈 오는 길에 함박눈을 맞으며
그리운 벗들을 가슴 가득 품어 안는다.

개화

한 해가 저물어 가는
싸늘한 날
움츠러드는 때

룸바의 선율에 젖은
가녀린 손끝
떨린 음을 타고
우륜선이 터졌다

엄동을 이겨낸 봉오리가
봄볕에 망울 터지듯
꾹 누른 감정이 파안대소를 쏟아내니

울 밑의 봉선화 붉게 물들 듯
윤기 잃은 뻥 뚫린 가슴도
선물 받은 어린아이처럼 마냥 기쁘다!

제3부. 여행기

순례의 길

하나는 저 멀리 가있고

저만치 앞에
짐을 메고 순례객이 간다

나는 그 뒤를 따라가는
그대의 그림자!

순례길과 똥

누가 이 오물을
한길 가운데 무더기로 싸 놓았나

사람이 일손이 필요하다고 하여
평생 데리고 살면서
똥 눌 시간조차 주지 않고
부려 먹다가

일할 힘이 빠지니
고기로 구워 먹는 너는

하늘이 내린
천형의 운명이었는지

위격으로는
도와주는 자
빠라클리또 성령이요

인격으로는 사람의 아들
예수와 닮았다.

보리 답사

울긋불긋 단풍이 짙어가는 가을 끝자락
충청 골 깊숙이 자리한 산사에 이르다

마하 지혜를 머금어 깊숙이 빠져드는 미소와
자비지심에 귀의해
도량의 덕을 높혀가는 청아한 독경 소리가
산중에 울려 퍼진다

보현사 종소리가 서산의 능선을 타고 넘으며
사를 경계하고 악을 물리치는 불심(佛心)과
마음을 열어 세상을 정화하라는 보리심을 담아
개심사 용화수에 몸을 씻고 하산길에 든다

서산 갯마을 아낙네가 차려주는
꿈틀 낙지와 쫄깃한 모둠회에 녹아나고
곡주에 빠져드니 정신이 아롱아롱하다

오욕에 물든 범부에게
속계의 맛이 정토의 멋과 비견되고
삼존 아미타불의 법력도 최면이 걸리듯 스르르 녹아난다

마애의 돌처럼 굳은 심지와 염화미소
천년을 두고 普賢으로 우뚝 선 당간지주
산과 바다를 하나로 잇는 오색 갈잎의 아라메길의 발
걸음마다
마하 반야의 지혜와 팔정도를 다지며
희로애락의 사바를 헤쳐 나간다.

생사기로(生死岐路)

내가 걸어가는 외길에
네가 살아갈 길은 아닌데

어쩌다 기어 나와
수많은 순례객의 발에 밟혀 죽었나

세상 구경이 좋다고 하지만
분간도 없이 기어 나와

도망갈 엄두도 못 내는 달팽이 걸음으로
처참히 밟혀 죽었나

길이라지만 네가 갈 길이 아닌 곳으로 기어들어 와
제명에 죽지 못하고 돌연히 객사하는 널 보면서

사람도 제 길이 아닌 곳에 뛰어들어
절명하는 많은 죽음도
삶의 지혜가 부족해 일어나는 건 아닌가?

문배주 고향

봄비 촉촉이 내리는
봉화산 능선을 오르내리는 황톳길을 따라

물오른 나뭇가지에
검은 가죽옷 비집고
새움이 봉긋이 솟아나
터질 듯 꽃망울이 트고

꼭지엔 수줍은 물방울 아롱대며
눈망울을 적신다

저 멀리 강촌역 기적소리가
잠 깨어 일어나라는 축하 노래인 양

뾰루지처럼 배젖이 돋아나서
돌배보다 탐스러운 문배알이 파릇파릇 눈길을 사로잡는다.

무등산행

무등산 초록이 우거진 속에
무심과 지혜를 깨치는 산사
證心寺가 불자와 등산객들을 반긴다

禪을 지키든 敎를 펼치든
마음을 고르고 淸淨하게
正思惟 너머 正定으로

항구히 나아가라 하네
正精進으로

도반을 證心하리니
無等山이 너를 품는다.

산림처불(山林處佛)

수도 한양의 남산이 되고 싶어
금강산 멧부리를 떨쳐 나왔건만
뛰어 달리다 定見에 머물러 돌아선 불암산

으뜸이 되고 싶은 세상 욕망에
머무를 곳도 헤아림 없이
수려 금강을 박차고 내달려 보는
어수룩하고 몽매함을 돌아보게 한 불암산

세상에 나가 부처가 되라 하지만
흔들리는 마음 다잡을 수 없어
천 년 바위라도 되어 불심을 지키리니

산을 오르는 중생의 걸음마다
8정도 덕행에 무궁 정진을 깨우침이라

비 갠 청명한 봄볕 아래
계곡을 따라 흐르는 물에
욕망의 때를 씻고

불암에 기대어
청정의 도를 따름이어라!

산사 암자 (山寺 庵子)

고즈넉한
상원사

歲를 더하고 劫을 향한
청정한 精進이 5臺를 돌아

지혜의 정좌
寂滅寶宮에 이르다

獅子의 등줄기
대간을 이어

청송의 푸르름과 장송의 곧음이
창공에 닿았어라!

상원의 비로(毘盧)
사자암 처마의 風磬을 울리며
五臺를 휘돌아 蓮花藏을 이루다.

양재천 구룡산행기

세상에 태어나 큰 꿈을 꾸고
부와 권력과 명예를 휘어잡고 살기를 한평생
세상 끝 너머 죽어서 천년을 살고자 했다

하늘 높은 줄 모르고 주변머리 가지런히 하지 못한 채
오지랖 넓게 저질러 놓은 육정의 씨앗을 거두지 못하고
여인의 북받치는 설움 소리에 꼬리를 잡혀
날개 꺾여 승천하지 못하고 떨어지나니!

아~ 어이하리~

구룡은 큰 획을 긋고 기를 뿜어내며
남북을 굽이굽이 대간을 따라
천년을 누리며 저 멀리 날아가는데

세상 물욕과 육정에 사로잡힌 잠룡은 개울에 잠겨
구 폭 치마폭 병풍에 색계를 휘저으며 빌딩 숲 덩굴을
키워 냈건만
격에 맞는 반듯한 전각도 없이 미련의 세월이 흐르고
눈물과 빗물에 섞여 양재천이 되어 마냥 흘러만 간다.

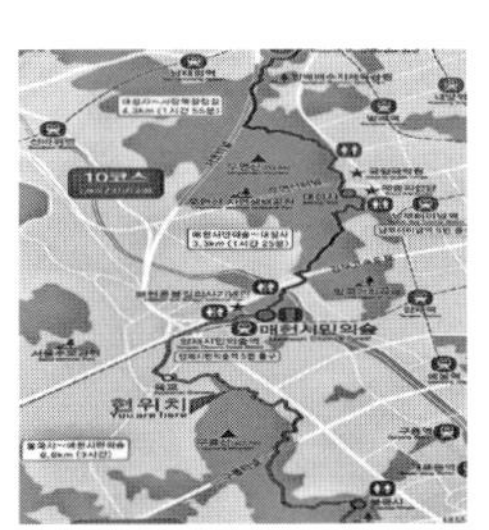

115

제4부. 저 너머 사유(思惟)

사목 순방

태풍이 몰아치는 우중에 오시어
신도들과 외부 행사를 거행하는 동안 영롱한 해님 안에서도
장마를 가르며 가시는 비구름 가운데

천국의 열쇠를 간직한 교황님이
한국 땅을 오고 가시는 길에
태풍과 장마를 긋게 해주시니 다행스러웠습니다

주님께서 넘겨주신 하늘의 권능으로
구멍 난 세월을 막아
그리스도 애덕의 삶을 일깨워 주니
막힌 가슴이 뚫리고 절름발이 다리에 힘이 솟아
평화의 대열이 나아갈 수 있게 해주셨습니다

그리스도 안에 머물러
평화를 이루며 살아간다는 것보다
큰 기적이 있겠습니까?

큰 평화 남겨 주시고
깊은 사랑 베풀어 주고 가시니
순교자의 후손을 되새기며
임의 발자취를 뽀득뽀득 밟아가겠습니다.

성모의 기도

하나둘 스러져 가는
어두운 밤 속

가녀린 두 손 모아
홀로 서 있는

저 여인은
누구신가

피에타 상처가
이천년이 지나도록 아물지 않은 듯
찢긴 시신을 품에 안고
고통으로 얼룩진 애절한 여인이여

으스름 별빛 아래
까만 밤 성당 뜰 가운데 선
두 손 모은 간절한 손끝에는
눈물 맺힌 묵주 알이 방울방울 맺혔습니다

세상이 알 수 없는 평화를
싸늘한 아들 시신과
울먹이는 가슴으로 맞바꾼 고독한 여인이여

역사도 잊으셨나
오늘 밤은 발자취 잃은 양들에게
귀향길 여정의 불기둥이라도 되듯

늦도록 돌아오지 않는 탕아
애타는 근심에 잠겨

올레 모퉁이 끝자락에
흐릿한 눈빛으로 어른거립니다.

딴지 응수

괜한 집적에 뒷다리 잡히고
시달림이 반복되니 짜증이 쌓인다

잘 갖추고 대비해도
걸려 넘어뜨리는 형체 없는 너는
보이지 않지만 길목 곳곳에 매복해 덜미를 잡는
살아 숨 쉬는 실체로서 기세도 사납다

대들면 달래고
때리면 가려내 받아 내고
길을 막으면 피해 돌아가련만
짜증과 분노가 불뚝불뚝 솟는 건 어찌하면 좋을까?

일그러진 마음을 누그러뜨리고
쪼그라든 가슴에 넉넉한 여백을 살려서
마음 한편 빈 곳에 자리 하나 만들어 너의 몫으로 놓아주려니

눈에 보이지 않게 동행하는 사나운 너와 동반하면서
순풍을 타고 거침없이 나아가련다.

의부(義父)

이스라엘의 왕
다윗의 후손 요셉

누대에 걸쳐
황금빛 세상 영광도 빛이 바래고

천년의 세월에
화려하고 무성했던 거목도
그루터기만 남았네

가진 것이라곤 잘린 밑동뿐인데
가난한 몸뚱이라지만 잘 가르고 다듬어

허물어진 주님의 궤 성전을 지으리니
목수가 제격이라!

겸손한 왕족의 고결한 피
심안으로 보는 정결한 마음속에서

거룩한 밤
마구간을 비추는
샛별이 떠오릅니다.

믿음의 사다리

Adoro te devote latens Deitas!
(엎드려 절 하나이다 숨어 계신 천주성이여!)

성교회의 대학자 신학의 거두
미사성제의 오메가 포인트
성체와 성혈의 위대한 찬미자
성 토마스 아퀴나스가
신앙고백의 정수를 제헌하도다!

성 토마스 아퀴나스 찬미가 아니 계시더라면
지금 우리
어찌 능히 여기 계신 주님을 마주 뵐 수 있으며

성 토마스 아퀴나스 성체 찬미가를 헤아리지 못할 양이면
어찌 감히 주를 모시오리!

지성을 파고드는 영(靈)의 신비
신학대전을 감싸고
날개옷 입지 않아도 걸어서 저 하늘 끝까지
믿음의 다리를 건너서
임을 마주 뵐 수 있으리오

가려진 주님을
육안이 멀어 뵐 순 없어도

토마스 아퀴나스가 세워 놓은
공덕의 사다리를 타고 오르니
우리 임 계심을 환히 보게 되도다

육안이 먼 소경에게 심안을 열어주고
영광을 흠숭하는 축복 주시니

가슴 옆구리에 찌른 손가락 틈새로
고목에 새순이 돋아
아키노 땅에 심긴 생명나무 자라나
밀떡 형상 헤아리는 믿음 얻도다

아브라함의 위대한 후손이여
성 토마스 아퀴나스여!

빈자(貧者)의 벗

성교회의 빛!
貧者의 벗!
성 클라라를 기념하는 날

마구간의 가난한 예수를
그렉치오 구유로 모셔 와 聖誕을 찬송하고
쓰러져 가는 교회를 일으켜 세운 맨발의 구도자
성 프란치스코에게

하늘의 만나를 품고서
젖과 꿀이 되어 허기진 배를 채워준 너는
가난한 교회에
주의 거룩한 숨결을 불어 넣었어라!

봉쇄된 絶海 孤島 적막한 밤
달빛과 별빛마저 아득한 곳에서
아련한 임의 모습을 담아
암흑기 세상의 빛이 되어 夜來香을 피워준 너는

임에게서 가난의 淨配
어둠 속의 빛
클라라로 새겨졌어라

빛으로 오신 주의 발자취 아로새겨
중세 암흑 세상을 밝게 비춘 너는
가난한 오두막의 호롱불이 되어
임의 반생을 이어준 修道三德으로 빛난다!

천상의 혼인 잔치

신랑을 맞는 준비된 신부는
칠흑의 동지 밤을 지새워 불 밝힐 양
기름을 가득 채워

언제 오셔도 반겨 맞아 길을 여는
겸손하고 흠 없는
주님의 어린양이리니

길 잃은 어린양을 찾아
늦은 밤 어깨에 메고 오시는

거룩하신 신랑의
신실하신 정배(淨配)로세!

여유

바람에 쉽게 흩날리기도 하는 게
사람의 마음이라지만

맛난 밥을 짓는데
뜸이 잘 들게
기다림의 멋을 늘 마음에 두고 사노라면

잠시 여유로운 마음 챙김은
내 맘 가꾸는 수양이고

적당히 기다려 주는 배려하는 마음은
네 맘 돌보는 일이니

구수한 커피 향에 취하듯 바이마르 온도에
잠시 멈추어 서서

약불로 뜸 들이는 잠깐의 마음 챙김과 돌봄을 가질 때
서로의 관계 맺음에 생겨나는 건

평온하고 청정해지는
우리들의 마음입니다!

清源명시선

김명시 시집

2026년 4월 15일 초판 1쇄
2026년 4월 17일 발행
지 은 이 : 김명시
펴 낸 이 : 김락호
디자인 편집 : 이은희
기 획 : 시사랑음악사랑
연 락 처 : 1899-1341
홈페이지 주소 : www.poemmusic.net
E-Mail : poemarts@hanmail.net

정가 : 10,000원
ISBN : 979-11-6284-641-4